André Abujamra

Robô não solta pum

Pensamentos de um pai (sem dormir há 20 dias)

Ilustrações de
Ana Paula Oliveira

Saíra
EDITORIAL

Copyright do texto © 2020 André Abujamra
Copyright das ilustrações © 2020 Ana Paula Oliveira

Gestão editorial	Fábia Alvim
Gestão comercial	Rochelle Mateika
Gestão administrativa	Felipe Augusto Neves Silva
Projeto gráfico	Milene Nelson
Coach onfalópsico	Heinar Maracy
Diagramação	Matheus de Sá
Revisão	Francine Polidoro

Dados Internacionais de Catalogação na Publicação (CIP) de acordo com ISBD

A165r   Abujamra, André

Robô não solta pum: Pensamentos de um pai (sem dormir há 20 dias) / André Abujamra : ilustrado por Ana Paula Oliveira. - São Paulo, SP : Saíra Editorial, 2020.
32 p. : il. ; 16cm x 16cm.

ISBN: 978-65-86236-04-00

1. Literatura infantil. I. Oliveira, Ana Paula. II. Título.

2020-2483

CDD 028.5
CDU 82-93

Elaborado por Vagner Rodolfo da Silva - CRB-8/9410

Índice para catálogo sistemático:
1. Literatura infantil 028.5
2. Literatura infantil 82-93

Todos os direitos reservados à Saíra Editorial
Rua Doutor Samuel Porto, 396
04054-010 – Vila da Saúde, São Paulo, SP – Tel.: (11) 5594 0601
www.sairaeditorial.com.br
rochelle@sairaeditorial.com.br

para José e Pedro

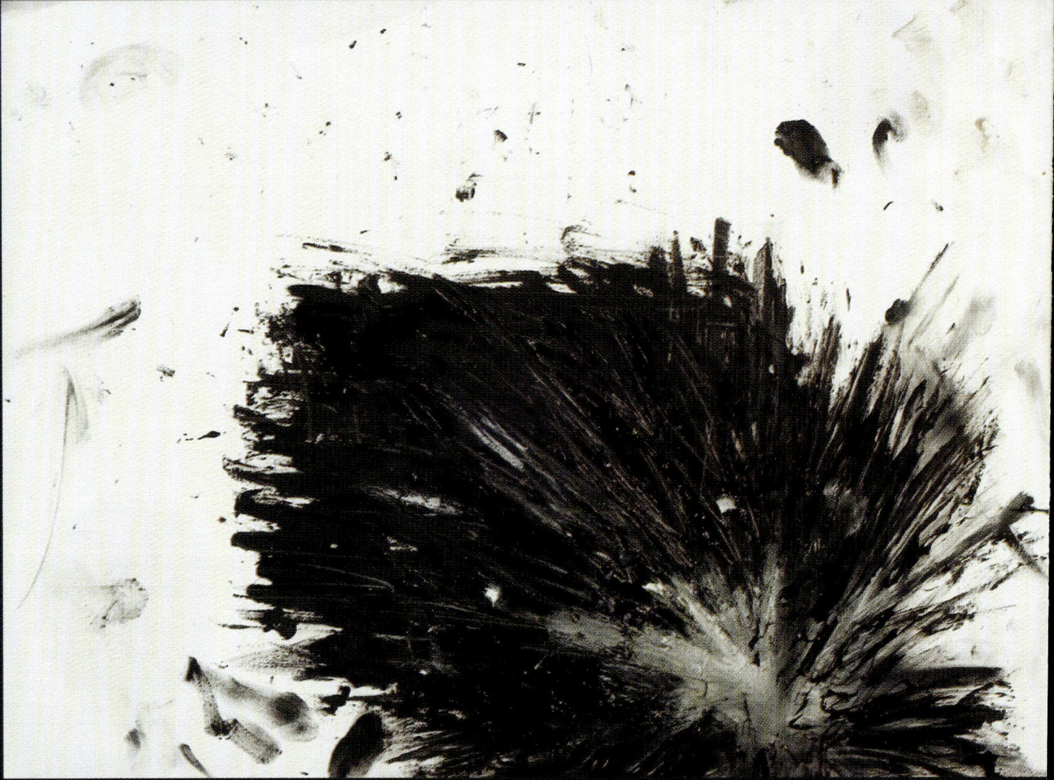

O escuro estava escuro, porque ele não é claro.

E é claro que o claro estava claro, porque o claro não é escuro.

**Assim como o céu
não é o mar,**

nem o mar é o céu.

Se bem que, quando a gente vê o mar do céu, o mar parece o céu.

E, quando a gente vê o céu do mar, o céu parece algodão-doce.

O algodão-doce é doce, porque ele não é salgado. Mas, se fosse salgado, não seria algodão-doce, e sim algodão-salgado. Apesar de que, se o algodão-doce fosse salgado, então talvez ele nem tivesse o nome de algodão-salgado, porque, se algodão-salgado não existe, como eu posso saber o nome de uma coisa que não existe?

As coisas que não existem não têm nome, porque, se elas tivessem nome, elas iriam existir. Por que algumas coisas existem e outras não? Será que alguém já parou pra pensar nisso?

E por que as coisas têm os nomes que elas têm? Por que bigode não se chama penico, e penico não se chama barbante? Barbante

tem esse nome porque lembra barba? Ou barba se chama barba porque lembra barbante?

As pessoas falam com a boca, mas não é a boca que fala o que a pessoa fala. Quem fala o que a pessoa fala é a cabeça da pessoa, que pensa alguma coisa e fala. Embora tenha gente que nem pensa pra falar. Então, fala o que não queria falar e pensa que devia ter falado outra coisa...

Será que o coração pensa? Ou será que ele só sente? O amor que a gente sente, sente porque sabe que ama? Ou ama e, por isso, sente?

**O pente serve pra pentear, e a escova, pra escovar.
Quem não tem cabelo usa óculos escuros!**

O robô não solta pum!

A vaca pode ser comida de gente!
O ovo da galinha também.
A galinha também.

Será que a gente vê tudo o que existe? Ou será que tem coisa que existe e a gente não vê? E, se não dá pra ver, por que existe? Ou será que algumas pessoas conseguem ver coisas que outras pessoas não conseguem?

Eu posso imaginar um elefante voando, com duas pulgas de moletom nas suas costas, fazendo malabarismo com bolinhas de sabão? E, se eu fechar os olhos e imaginar e realmente vir o elefante com as pulgas, eles vão existir?

A imaginação da gente é real? E, se for real o real que é real, realmente isso também não pode ser imaginação?!

A criança é criança, porque não é adulto. E o adulto é adulto, porque não é criança. Mas o adulto e a criança são a mesma coisa, porque a criança vira adulto, e o adulto vira velho, e o velho vira criança. Por isso, a gente é criança, adulto e velho. Mesmo assim, ainda existe adulto que não é criança...

O presente tem o nome de presente porque a gente ganha o presente no presente? E, quando a gente ganha o nosso presente atrasado, o nome do presente deveria ser futuro? Tem gente que ganha presentes demais e, por isso, não curte o presente. E tem gente que não ganha presentes, mas, quando ganha, fica feliz no presente e no futuro.

O presente não existe. Não o presente de aniversário: o de aniversário existe. O presente de que eu estou falando é aquele do passado, presente e futuro. Vou explicar! Quando eu estiver escrevendo a palavra "presente", o "p" do presente já estará no passado!

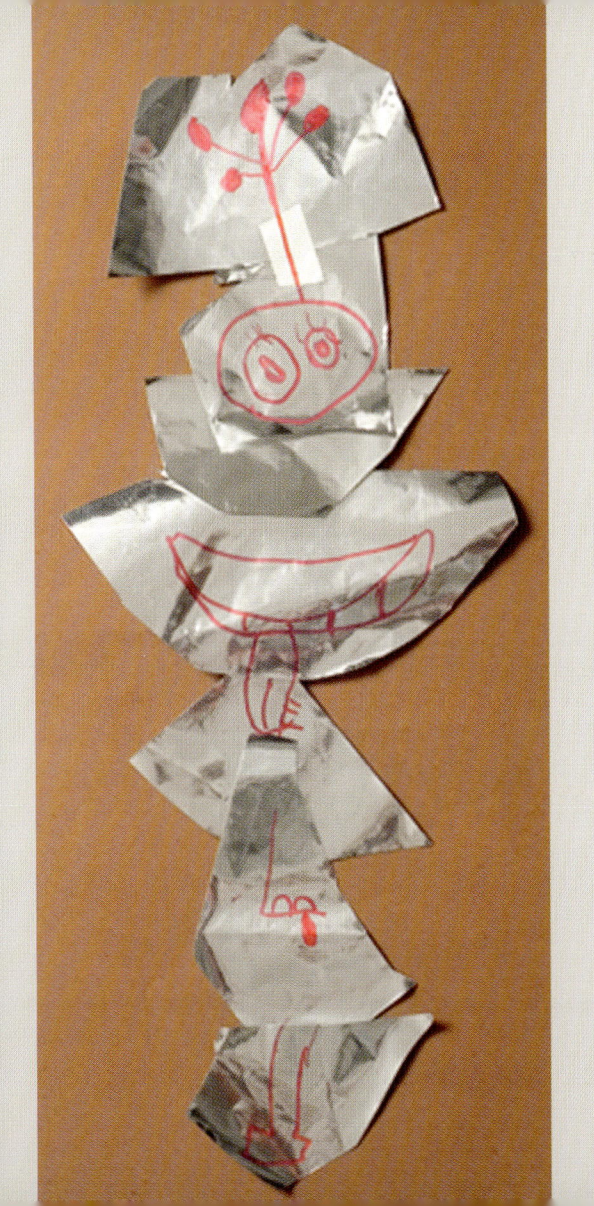

A gente ama o pai e o avô. Algumas poucas pessoas conseguem amar o bisavô. Agora, do tataravô pra trás, me desculpe, mas eu não me lembro...

Por que bicho não fala? Será que não fala mesmo? Se fala, por que a gente não entende? Então, eu acho que japonês não fala; eu não entendo japonês. Por que na China o chinês fala chinês? E por que eu não entendo chinês? Por que a gente diz que a pessoa fala outra língua? É a língua ou é a boca que fala? Se a pessoa não tiver língua, ela não falará nem a sua própria nem as demais outras línguas.

21

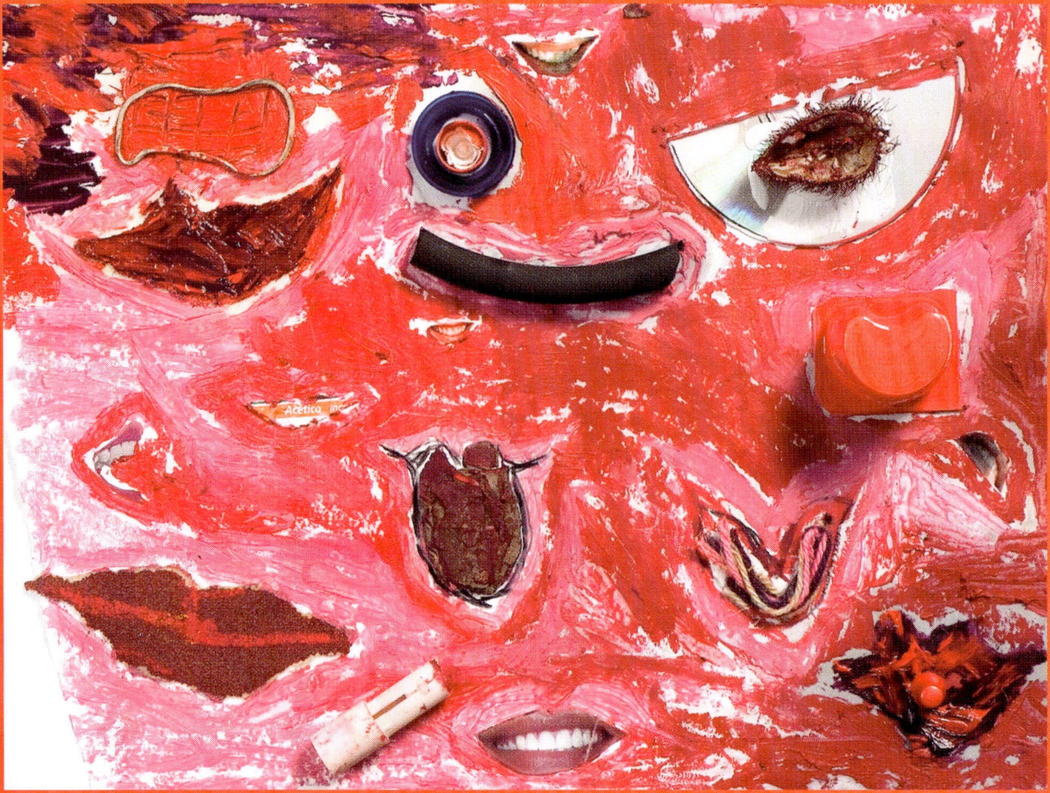
Acetica

"Outras línguas" não deveria se chamar assim, e sim "outras bocas", porque, na minha opinião, quem fala é a boca. Mesmo que, como eu disse antes, as pessoas falem com a boca, não é a boca que fala o que a pessoa fala. Quem fala o que a pessoa fala é a cabeça da pessoa que pensa alguma coisa e fala. Embora tenha gente que nem pensa pra falar. Então, fala o que não queria falar e pensa que devia ter falado outra coisa...

Será que o coração pensa? Ou será que ele só sente? A saudade que a gente sente é uma coisa boa ou ruim? Depende: se a gente mata a saudade, ela é boa, mas, se ela não for morta, então é ruim. Só que tem uma coisa chata – a saudade sempre nasce de novo.

A chuva molha o guarda-chuva. O cão de guarda é do guarda? Pensar coisas estranhas é estranho? O que é estranho? A palavra "estranho" é estranha.

Bolo é bom! Eu não gosto de bombom de rum. Gostaria de mudar o nome do bombom de rum para ruim-ruim.

Eu não gosto de pimentão, nem de chuchu. Há coisas na vida das quais a gente não gosta. Mas precisa tomar cuidado pra não achar que aquilo de que a gente não gosta é ruim. Isso porque tem gente que acha que só o que ela acha é certo, mesmo para as pessoas que não acham aquilo. Eu não acho!

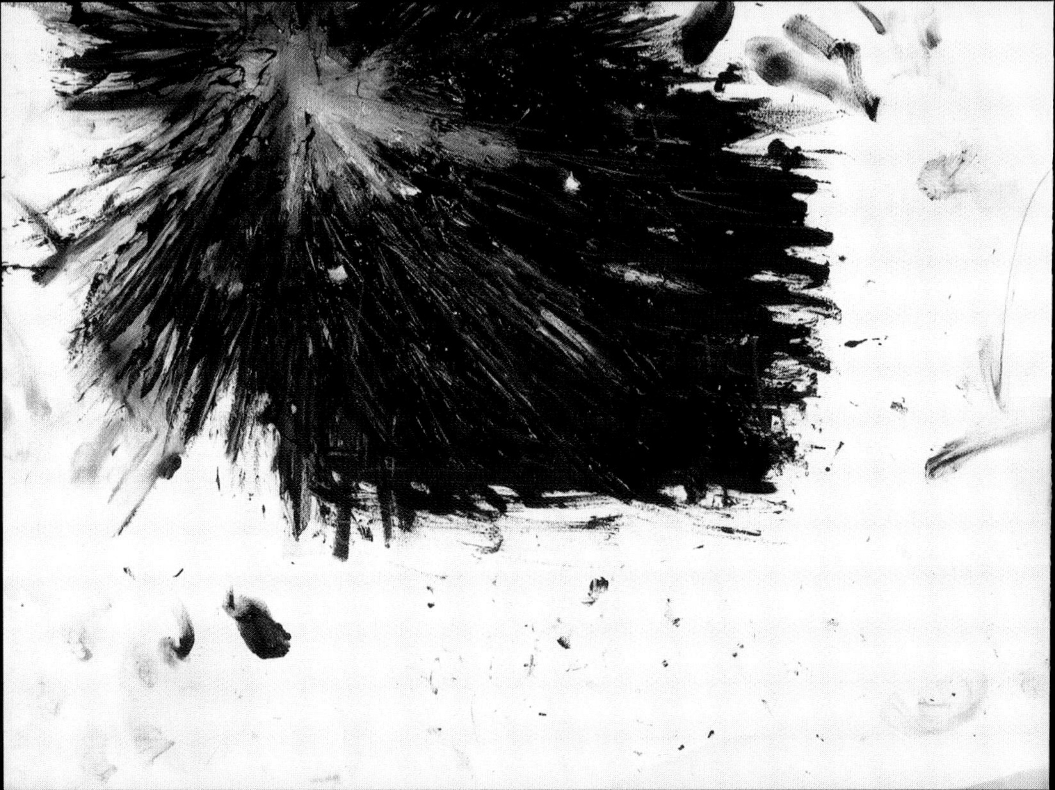

O escuro é escuro, mas dentro dele há o claro.

E, é claro, se apagarem a luz, o claro escurece.

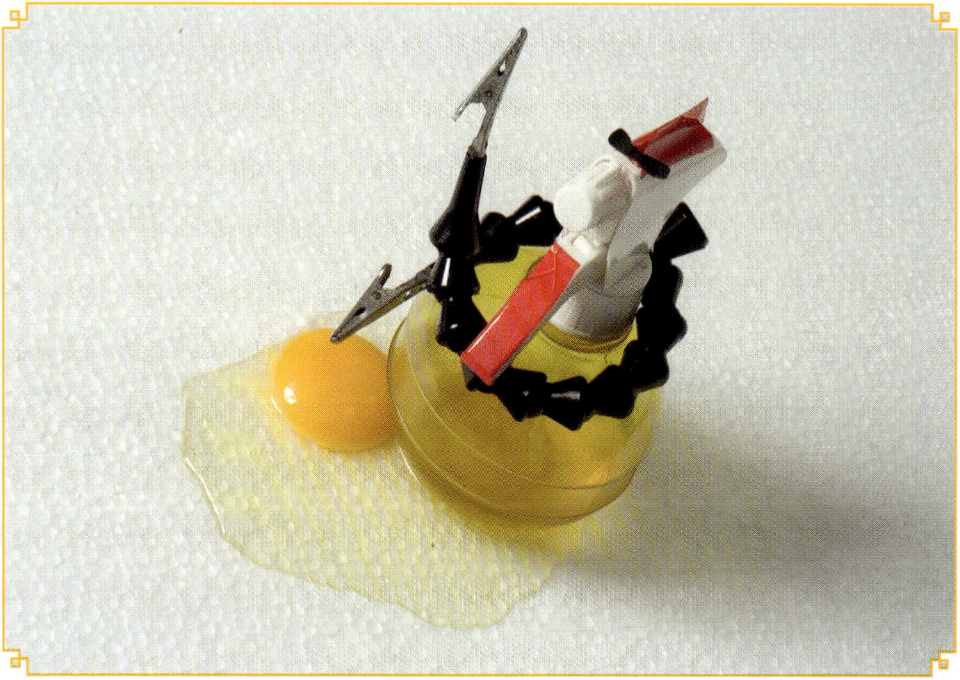

FIM

Sobre o autor

André Abujamra

Filho de um dos grandes atores do teatro brasileiro, Antônio Abujamra, André Abujamra herdou do pai o talento e a necessidade de provocar a ordem vigente. Em mais de 40 anos de carreira, se firmou como um dos grandes artistas criativos do Brasil. Multiartista, André é cantor, compositor, guitarrista, percussionista, pianista, produtor musical, ator e diretor de teatro e cinema. Iniciou a carreira artística nos palcos em 1985, em parceria com Maurício Pereira, na banda Os mulheres negras. Em 1994, estreou a banda Karnak, e seu disco de estreia foi considerado pela revista americana *Rolling Stone* um dos melhores lançamentos da década de 1990.

Sobre a ilustradora

Ana Paula Oliveira

Ana Paula Oliveira é artista plástica e trabalha com diversas linguagens e mídias, como escultura, desenho e vídeos. Desde 2000, realiza exposições em várias instituições, como museus e galerias, no Brasil e no exterior. Destacou-se e ganhou alguns prêmios e tem obras em acervos importantes. Nas ilustrações deste livro, utilizou desenhos de sua filha Jade, além de diversas técnicas de desenho e colagem, para compor as imagens que acompanham o texto.

Esta obra foi composta em Futura PT e
impressa pela Referência Gráfica
em offset sobre papel couché fosco 150 g/m²
para a Saíra Editorial
em novembro de 2020